던전에서 추구 하면
만남을 걸까
안 되는

사고를 가장하여
던전에서 만남을 추구하면 안 되는 걸까요?

그것은 마스터에게 납치당해 시간 감각이 이상해지기 시작하던 무렵.

초고급 숙소에서 특훈이라는 이름의 고문을 받던 나에게 미목수려한 엘프가 고했다.

"던전에 간다."

"느헤?"

갑작스러운 명령에, 이미 넝마처럼 변해 정신이 몽롱해졌던 나는 얼빠진 목소리를 냈다.

◇

헤딘 씨에게 개조……아니 조련……아니아니 전생…… 그냥 개조면 어때…… 아, 아무튼 『여성에 대한 마음가짐부터 숙녀를 리드하는 기본 중의 기본까지』를 에이나 누나 이상으로 가혹하게 빠르게 주입받은 지 어언 2일.

나는 정말로 한숨도 자지 못한 채 ──Lv.4라면 5일 밤샘 정도는 아무것도 아니라고 욕을 먹었다── 느닷없이 『리드 실습』을 위해 던전에 끌려왔다.

"저, 마스터…… 왜 리드 실습을 던전에서 하나요……?"

"지상에서 헌팅 같은 짓을 했다가 시르 님의 귀에 들어

가면 어쩌려는 거냐, 멍청한 놈. 밀회 전부터 그녀를 슬프게 만들 생각이냐, 얼간이."

"네, 죄송합니다……."

"안 그래도 네놈은 지금 오라리오에서 주목의 표적인데. 눈에 뜨이는 짓을 했다간 눈 깜짝할 사이에 정보가 확산된다. 자신의 입장을 한번 생각해보란 말이다, 바보 토끼."

"네, 잘못했어요……."

엄격하지만 또한 엄격한 언어의 공격에, 내가 공허한 눈으로 말할 수 있는 것은 사죄뿐이었다.

인간의 존엄? 주종관계 앞에서는 아무것도 아니었구나.

"하지만 던전에서 리드 실습이라니…… 설마 몬스터를 상대로요? 암컷인지는 어떻게 알아보면——"

"나를 우롱하는 거냐, 바보 토끼."

"——빼개액?!"

언어 공격 외에도 가차 없이 체벌을 가하는 마스터의 발길질이 허리에 직격해 나는 벽에 처박힌 후 지면에 철퍼덕! 엎어졌다. 혹시나가 역시나겠지만 【스테이터스】의 내구도가 쑥쑥 올라가지 않을까나!!

나는 꼴사나운 자세로 죄송합니다 죄송합니다 죄송합니다!! 하고 몇 번이나 사죄했다.

"모, 몬스터가 아니라고 한다면…… 설마…….."

"그렇다."

안경의 위치를 바꾸며 마스터가 말했다.

"남은 사흘은 던전에 들어간다. 몬스터와 여자를 **하염없이 사냥한다.**"

"네?!"

"너 지금 무슨 망상을 했나, 쓰레기."

"떠흑?! 죄, 죄송하뷥?!"

두 번째 발길질을 받아 사죄하자, 마스터는 학습 능력이 없는 짐승을 경멸하는 듯한 눈초리로 내려다보며 방침을 제시했다.

"여성 모험자를 네놈의 실습도구로 삼는다는 거다."

생판 모르는 사람을 실습도구로 삼는다는 소리를 아무렇지도 않게 하는 마스터에게 식은땀을 삐질삐질 흘리면서도, 나는 이해했다.

마스터가 한 말과는 다른 이유지만, 지상에서는 눈에 뜨이는 행동이라도 던전에서라면, 뭐, 화제가 되지 않을 수도 있다. 악평은 금방 퍼지는 법이지만 모험자간의 트러블은 일상다반사니까. 내가 이상한 짓을 하더라도, 최소한 『여신제』가 시작될 때까지는 지상에 전해지지 않을 것이다. ……모험자들 사이에서는 어떨지 모르겠지만.

"어어, 그럼 여성 모험자 분들에게, 계속해서 말을 걸라는 말씀인가요……?"

"그런 비효율적인 짓을 시킬 것 같으냐? 무엇을 위해 『중층』까지 왔다고 생각하나."

그렇다.

　지금 우리가 있는 곳은 중층 영역── 던전 제13계층.
『상층』과의 경계에 있는『암굴미궁』이다.

　"넓고도 깊은 던전 중에서 사망자가 가장 많이 나오는 층역이 어디냐?

　"네? 어……『상층』아닌가요?"

　"그렇다. 신출내기 모험자, 재능도 없거니와 노력도 준비도 게을리한 어중이떠중이, 콧대가 높아진 자, 조바심을 낸 자, 운에 버림받은 자들이 시작 계층에서 죽어 나가지."

　정답을 맞혀 속으로 죽을 만큼 안도하며, 앞장서서 걷는 마스터를 따라갔다.

　마스터의 말대로,『상층』은 가장 사망자가 많다.

　오라리오에서는 모험자의 약 절반이 하급 모험자라 불리며,『사고』는 이들이 활동하는 제1계층부터 제12계층까지에 집중된다. 물론『중층』이후가 환경은 가혹하지만 애초에『분모』가 다르다── 에이나 누나는 그렇게 표현했지.

　사고의『질』은 중층 이후가 높고,『숫자』그 자체는『상층』이 압도적.

　내 머릿속에도 그런 이미지가 있다.

　"그러면『상층』을 제외하고, 다음으로『사고』가 자주 일어나는 계층은?"

　"……여기, 중층이죠?"

　"나는 계층을 물었다. 추상화하지 말고 구체적으로 말해라, 바보 토끼."

등 뒤를 보지도 않고 손가락으로 튕긴 돌멩이가 뚜악! 하고 내 이마를 직격했다.

"꾸아아아아······?!"

이마를 문지르며 괴성을 흘리는 나를 무시한 채, 마스터는 무능한 학생을 대신해 답하는 교사처럼 말했다.

"답은 『상층』보다 확실하게 공략 난이도가 올라가는, 이곳 13계층이다."

던전의 통로를 활보하며 말을 잇는다.

"지금부터 네가 실습도구로 삼을 대상은 이곳에서 『사고』를 당한 가엾은 여자 모험자들이다."

"네?"

"**흔들다리 효과**로 네 인상치를 처음부터 높여, 유사 데이트로 끌고 가기 쉬운 형태를 취할 것이다."

그 말을 듣고 나는 그제야 아, 하고 이해했다.

실제로 나는 남신님들처럼 낯선 여성을 『헌팅』할 수는 없── 아니, 아는 사람에게도 무리지만. 그래도 상대가 마음을 허락해줄 가능성이 있다면, 여성에게 별로 면역이 없는 내가 데이트를 제안하더라도 어떻게든 될지 모른다.

······아니 근데 이거, 혹시 『던전에서 만남을 추구해서~』 어쩌고 하던 시절의 내가 꿈꾸던 시추에이션 중 하나 아닌가?

"『상층』에는 모험자가 너무 많다. 공연히 눈에 뜨일 가능성이 있다. 무엇보다 난이도가 낮은 그 층역에서 어슬렁거리는 암퇘지들은 대개 머리에 든 것이 없고 품성이 딸린다. 가상 시르 님으로 보는 것 자체가 실례다."

'그 말부터 완전히 실례인데요…….'

"너도 머리는 텅 비었다만 우량주임에는 틀림없지. 『중층』을 근거지로 삼는 여자들도 조금이나마 가슴이 두근거리기는 할 거다."

'그리고 나한테도 실례인데요…….'

가슴이 푹푹 도려져 나가는 심정이었지만, 마스터의 의도는 이해했다.

지금 이렇게 『정규 루트』를 따라 이동하는 이유도.

미궁 내에서 모험자의 통행량이 많은 곳은 다음 층으로 가는 최단 코스인 정규 루트다. 다음 계층으로 갈 생각은 없고 【엑세리아】를 목적으로 온 모험자도, 긴급상황에서는 다른 모험자에게 도움을 청할 수 있도록 정규 루트 근처에서 몬스터를 사냥하는 경우가 많다.

이미 사흘 후로 다가온 『여신제』, 그리고 지상에서 눈에 뜨일 수는 없다는 악조건 속에서, 여러모로 날 생각해주셨기에 발안한 훈련일 것이다.

하지만 그렇다면 우린, 던전에서 성실하게 탐색을 하는 분들을 이용하려는 건가……?

"얼빠진 낯짝 집어치워라. 온다."

"!"

시작하기도 전부터 자기혐오의 늪에 빠져 있으려니, 마스터는 소리도 없이 통로 뒤에 몸을 숨겼다.

나도 황급히 벽 쪽으로 물러나고 보니, 마스터의 시선 방향 쪽에서 4인조 파티가 다가오고 있었다.

"휴먼 남자 둘, 하프엘프 남자 하나, 그리고 엘프 여자 하나. 마침 딱 좋군."

"아, 아무리 그래도 저건 무리 아닐까……? 여성은 한 명이지만 남성이 많은데요……."

"아니다. 남자 셋은 모두 여자에게 마음이 있어 서로 견제하는 중이지. 그리고 여자 쪽은 여기에 진저리를 치면서도 탐색 중의 화합을 깨뜨리지 못하는 상황. 이건 호구라고 볼 수밖에 없다."

"그런 걸 어떻게 알아요?!"

"저 동포의 얼굴을 보면 알지."

"엘프 대단해!!"

하지만 다른 파티의 그런 막장 사정은 알고 싶지 않았어!

아, 아니 하지만, 내가 보기에 저 파티는 전력이 충분하달까, 전열과 후열의 균형이 좋고 장비도 충실하다.

모두 Lv.2인 것 같으니 『사고』를 만날 가능성은 없지 않을까……?

"……응? 어라? 마스터?"

어느샌가 사라져버린 마스터를 찾아 주위를 두리번거렸다.

그러자── 파직! 하고 전류가 튕기는 듯한 소리가 나더니, 멀리서부터 몬스터들의 비명이 울려왔다.

…….

………….

………………서, 설마.

"으, 으아아아아아아아아아아아아아아아아아아아!!"

"모, 몬스터의 대군이다아아아아아아아아아아아?!"

역시나──?!

인공적인 몬스터의 유도── 패스 퍼레이드를 마스터가 일으켰다고 확신한 나는 마음속으로 절규했다.

그다음은 정말, 끔찍했다.

폭이 넓다고는 하지만 룸도 아닌 통로에 몬스터의 퍼레이드가 밀려들어 처절한 고함이 솟아났다. Lv.2 때에 맛보면 확실하게 트라우마가 될 만한 광경이 펼쳐져, 나는 온 얼굴을 실룩거렸다.

그리고── 한동안 필사적으로 항전하던 파티는, 놀랍게도, 후열에 있던 엘프 여성을 내버려 두고 도망쳐버렸다.

"에엑──?! 세상에, 같은 【파밀리아】 아니야?!"

"쓰레기들 덕분에 귀찮은 일이 줄어들었군. 시간을 끌 것 같으면 마법 한두 방 날려서 전열을 기절시켰어야 했을 텐데."

"마스터 거울 보신 적 있어요?!"

놀라 고함을 질러버린 내 옆에 마스터가 다시 소리도 없이 돌아와서 하는 말에 다시 한번 고함을 질러버렸다!

"됐으니까 가라. 기회를 놓치지 마라."

마스터는 싸늘하게 무시하고 입을 다물어버렸다. 하지만 여성의 비명이 들려와, 나는 흠칫 몸을 돌려 황급히 뛰어나갔다.

온몸에 부상을 입은 엘프는 이미 무릎을 꿇고 있었다.

체온이 확 상승했다. 도와야만 한다고 심장이 포효를 지른다—— 나는 무수한 『알미라지』와 『헬하운드』의 무리를 향해 정면으로 돌격했다.

◇

'아아, 역시 천벌 받은 거야——.'

몬스터의 발톱과 이빨이 밀려드는 광경을 보고 엘프 소녀 로리에는 생각했다.

사태는 그녀의 주신이 막무가내를 부린 데에서 시작되었다.

『로리에, 이 양피지에 적힌 【파밀리아】를 정탐하고 와줘. 내부 정보가 필요해. 솔로인 척 미궁탐색에 데려가 달라고 애원하면 잠입할 수 있을 거야. 거긴 남자 모험자가 많으니까. 네 미모를 이용하면 물어보지 않아도 술술 불걸.

뭐? 그거 미인계 아니냐고? 엘프인 너는 할 수 없다고? 이
봐이봐, 난 헤르메스잖아? 귀여운 권속이 할 수 있는 일과
못 하는 일 정도는 잘 알아. 넌 우수한 엘프야. 이런 임무
정도는 아무것도 아니라고!』

　그렇게 수~상하기 짝이 없는 여리여리한 미소와 함께
명령을 받아. 탄식할 틈도 없이 파견되었던 것이다.

　로리에의 소속은 【헤르메스 파밀리아】. 그리고 주신 헤
르메스와 유쾌한 동료들은 태연히 이런 일—— 파벌 사이
의 첩보활동을 한다. 정보는 돈보다도 가치가 있다는 주신
의 가르침을 잘 이해하기 때문이다. 이번에도 수상한 동향
이나 약점을 파악할 만한 정보의 냄새를 맡아. 장래의 교
섭 재료를 확보하기 위해 『스파이』 노릇을 부탁받은 것이
었다.

　"나 정말…… 왜 엘프인 내가 미인계 따위를……."

　로리에는 아름다운 소녀다.

　한데 묶은 금색 장발과 진녹색 눈동자는 그야말로 전형
적인 엘프상이며, 어른으로 성장해가는 묘령의 얼굴과도
맞물려 이성의 눈을 붙잡아놓는다. 그녀가 미소를 지어주
면 함께 식사를 하자고 달려들 모험자는 줄을 설 것이다.

　능력은 Lv.2인 어엿한 상급 모험자.

　그런 반면. 오라리오에서 그녀의 지명도는 낮다.

　왜냐하면 로리에는 소위 『도시 밖』 담당이기 때문이다.

　미궁도시만이 아니라 온 하계에 눈과 귀를 퍼뜨리는 【헤

르메스 파밀리아】 내에서도 다른 나라, 다른 도시로 빈번히 출장을 나가 정보를 수집하고 온다. 공작원과도 같은 활동을 펼치고, 주신의 『산책』에 동행하는 경우도 일상다반사다. 두 달 하고도 조금 전, 에를리아 귀족의 저택에 잠입해 그곳에 사로잡혀 있던 말하는 몬스터──『제노스』를 발견했던 것도 다름 아닌 그녀였다.

"【헤르메스 파밀리아】 내에서 경계를 사지 않는 건 우리 같은 『도시 밖』 담당 정도밖에 없다는 거야 이해하지만……으으~!"

아무튼 그런 경위로 로리에는 다른 파벌의 파티에 접근했다.

숫제 수상하게 여겨져서 계획이 파탄 나지는 않을까 일말의 희망을 걸어보았지만, 위대한 주신의 예견대로 남자들뿐인 모험자 파티는 느물느물 웃으며 로리에를 환영했다.

로리에는 진저리나는 심정을 웃음 뒤에 감추며, 미궁을 탐색하는 한편 그들에게서 정보를 끌어냈다. 오늘 밤에는 이대로 한잔 걸치는 잔업까지 각오했었다.

그리고, 그렇기에, 천벌을 받았으리라.

『쿠오오오오오오오오오오오오!』

믿을 수 없을 정도의 몬스터 대군이 갑자기 밀려 들어와, 남자들은 그녀를 미끼로 삼고 도망쳐버렸다.

혈혈단신, 고립무원. 단장인 아스피 같은 동료들에 비하

면 던전 탐색 횟수가 적은 로리에는 이 궁지를 빠져나올
수 없었다.

'엘프답지 않은 불성실한 짓을, 우리가 섬기는 대성수께
서 용서하실 리가 없지. ……원망하고 저주할 거예요, 헤
르메스 님.'

상처 입고 무릎을 꿇은 그녀의 눈앞으로 『헬하운드』의
이빨이 다가왔다.

체념과 함께 로리에가 운명을 받아들이려 했던, 그때.

"──흡!!"

초고속의 흰색 그림자가 죽음의 운명으로부터 로리에를
구해냈다.

"……어?"

『꾸게엑?!』

지저분한 단말마와 함께 『헬하운드』가 절단되었다.

그리고 로리에가 알아볼 수 없을 정도로 빠르게, 그 흰
색 그림자는 『섬멸』을 개시했다.

단 한 자루의 무기, 칠흑의 나이프를 휘둘러 『알미라지』
의 무리를 해체하고, 등 뒤에서 덤벼드는 대형급 『라이거
팽』도 새까만 유성 같은 검광을 뿌려 절명을 선언한다. 너
무나도 빠른 검무 속에서, 로리에의 눈에는 격렬히 빛나는
루벨라이트색 안광만이 새겨졌다.

마지막으로 불꽃 숨결을 토하려 하는 『헬하운드』의 무리를 영창도 없는 속공마법으로 태워버려, 그 많던 몬스터는 순식간에 소탕되었다.

무수히 솟는 불똥을 등지고 흰색 그림자── 아니, 자신보다도 어린 소년이 돌아본다.

그 루벨라이트색 눈동자가 자신을 향한 순간, 로리에는 이제까지 경험한 적이 없을 정도로 심장이 크게 뛰는 것을 느꼈다.

──담담히 안경의 위치를 고치는, 한 제1급 모험자가 의도한 대로.

◇

혹시 몰라 【파이어볼트】까지 써서 여성 모험자의 안전을 최우선도로 고려해 싸운 나는 별 어려움 없이 몬스터의 무리를 정리했다.

확실하게 전멸시켰음을 확인하고 돌아보니, 주저앉은 엘프 모험자는 멍하니 나를 올려다보고 있었다.

그 고운 흰색 피부를 살짝 발그레하게 물들이며.

……죄책감이 장난 아니다.

너무너무 양심에 찔렸다.

반년 전에 오라리오에 왔던 내가 지금의 나를 본다면 얼마나 실망할까…….

"어…… 괜찮으세요? 설 수 있겠어요?"

"……! 어, 응, 무사하다! ……저, 저기, 너는?"

……얼른 이름을 대라는 마스터의 수신호가 보인다.

"저는, 벨 크라넬이라고 해요……."

"래, 【래빗 풋】! Lv.4까지 단숨에 올라온 레코드 홀더!
……헤르메스 님이 몇 번이나 말씀하셨던……."

일어난 상대는 내 이름을 듣고 놀랐다.

어째 헤르메스 님이란 말이 들린 것도 같았는데…… 그
녀는 눈을 고정하지 못하고 몇 번이나 이리저리 움직이더
니, 흘끔흘끔 내 얼굴을 훔쳐보고 있었다.

이, 이게 바로 흔들다리 효과…….

굉장하지만 역시 죄책감이 장난 아니야…….

"나, 난 로리에라고 한다. 위험할 때 구해줘서, 목숨을
건졌구나……. 네, 네게 감사를."

"아, 아니에요, 마음에 두지 마세요. 어, 진짜로……."

상대는 긴장 때문에, 나는 미안함 때문에.

말이 끊어져서 대화가 전혀 이어지지 않고 있으려니.

"【영쟁하라, 불멸의 뇌병】."

"히끄윽?!"

"?!"

초단문영창으로 집행된 마스터의 번개에 등을 맞았다.

나는 전류가 온몸에 퍼져 괴성을 지르고, 너무나 빠르게
날아든 마법 때문에 상황을 파악하지 못한 로리에 씨는 깜

짝 놀랐다.

──가르쳐준 대로 리드해라, 굼벵이. 지져버릴까 보다.

뒤를 돌아보니 극한의 시선이 그런 말을 담은 채 나를 꿰뚫어 보고 있었다. 이미 지졌으면서?!

창백해진 나는 황급히 로리에 씨에게 말했다.

"로, 로리에 씨! 옷도 장비도 많이 손상됐는데, 제 겉옷을 걸치세요!!"

던전으로 출발하기 전에 어째서인지 마스터가 건네주었던 코트를 신속하게, 그러면서도 무서워하지 않도록, 상처입은 엘프의 어깨에 걸쳐주었다.

'차, 착해!!'

두쿵!

로리에의 심장이 그런 소리를 연주했다.

어깨 위에 걸쳐준 코트의 감촉에 로리에는 더더욱 얼굴을 붉게 물들였다.

"로리에 씨! 로리에 씨의 사정은 전혀 정말로 하나도 모르겠지만 혼자서 『중층』을 이동하시면 위험할 것 같아요! 괜찮으시면 제가 『상층』까지 바래다 드릴께요!"

"어? 아, 아니다, 처음 보는 네게 그런 일까지 부탁할 수는……!"

"아뇨그러도록해주세요제발부탁이니까요정말로! 전 로리에 씨를 내버려 둘 수 없어요. 상황 때문에라도 생명의 위기 때문에라도!!"

"내, 내버려 둘 수 없다고?! 나, 나를?!"

진지한 벨의 눈빛――지금도 등을 마법에 조준 당하고 있는 자의 물러날 수 없다는 절박한 심정――을 받은 로리에는 갈팡질팡했다. 뜨거워진 뺨에 손을 가져다 대고 시선을 이리저리 떨었다.

로리에에게 연애 경험은 없었다.

정확하게는『타산』없는 깨끗한 남녀 간의 교류를 모른다.

【헤르메스 파밀리아】에 있는 이상, 남성 타깃을 상대로 자신의『여성』부분을 의식시킨 경우는 있다. 하지만 로리에는 마음속으로 남자들을 매우 싸늘하게 노려보곤 했다. 다른 종족에게는 미목수려한 용모를 칭찬받고, 천박한 자들의 추파를 빈번히 받아야 하는 엘프 특유의 편견과 경멸. 로리에 또한 이를 가지고 있었다. 그야말로 정조 관념이 굳은 엘프의 견본 그 자체였다.

그런 첫사랑도 모르는 숫처녀 상태에, 이런 일이 일어나 버린 것이다.

홀연히 나타나 위기에서 구해주고, 넘치는 배려심을 보이고, 여기에 뜨거운(앞뒤 가릴 수 없는) 눈빛.

소년이 (소년 스스로의 목숨과 함께) 자신을 구해주려

한다는 마음이 팍팍 전해져왔다.

　로리에는 혼란에 빠졌다.

　올라가기만 하는 체온을 이해할 수 없었다.

　아니, 까놓고 말하자면, 그녀 자신도 몰랐던 이성에 대한 『기호』는 연하 휴먼 백발적안 **그래이거지** 스트라이크 존 한복판이었다.

　"…………그, 그럼…… 부탁할까……."

　로리에는 얼굴을 새빨갛게 물들인 채, 쭈뼛쭈뼛 손을 잡고 가느다란 목소리로 수락했다.

　헤딘에게 감시당하는 벨이 안도의 식은땀을 흘리는 것도 깨닫지 못한 채, 임시 파티를 맺은 것이었다.

◇

　몬스터에게 경계를 늦추지 않고 걸으며 대화를 나누었다.

　마스터에게 배운 대로 공통된 화제──동종업자라면 던전의 정보나 신상 이야기로 말을 이어나가기 쉽다고 했다──로 이야기꽃을 피워, 나도 그녀도 긴장이 풀렸다.

　"정말, 그 파티는 전부 다 겁쟁이들뿐이다! 사양도 하지 않고 날 훔쳐보질 않나 반려 관계를 종용하질 않나, 그래놓고는 위험해지니 내팽개치고 도망치다니!"

　"아하하…… 로리에 씨는 인기가 많은가 봐요."

"이, 인기?! 비, 빈말은 관둬! 나는 엘프니까 그렇게 추켜세우는 것뿐이고, 매력이라고 할 만한 건 전혀……!"

"어…… 하지만 로리에 씨는 굉장히 좋은 분인걸요. 지금 이야기하면서 그렇게 느꼈어요."

"!"

"다른 파벌의 파티에 끼면서 마음이 편하지 않으셨던 거잖아요? 그래서 솔선해 많은 몬스터를 쓰러뜨리고, 마석이나 드롭 아이템을 양보하고…… 그래서 다들 강한 모험자라고 착각하는 바람에 혼자 두고 가버린 것 아닌가요?"

"아, 아니야! 난 타산이 있어서 접근했던 거다! 그러니까 그건, 죄책감을 얼버무리기 위한 자기만족이고, 서툰 처세술이고………… 나는 늘 이러기만 하니, 오늘 천벌을 받은 거다. 나는, 추한 엘프다……."

"……제가 아는 사람 중에도 로리에 씨 같은 엘프 분이 있지만요…… 남을 위해 자신을 싫어하려고 하는 사람은 절대 추하지 않다고, 저는 그렇게 생각해요."

예뻐요, 하고 진심으로 웃으며 말하자.

"흐아에?! ……아, 아으으으……!"

로리에 씨는 두 손으로 뺨을 감싸고 얼굴을 새빨갛게 물들여버렸다.

이, 이거 정말 괜찮나……?

네 경우에는 생각한 것을 그대로 말하라. 상대의 좋은 점을 발견하면 그저 칭찬해라. 그거면 충분하다. 상성이

좋다면 상대는 비호 욕구를 자극받아어쩌고저쩌고이러쿵
저러쿵——.

마스터의 말을 충실히 실천하고 있으려니 로리에 씨는
마침내 귀까지 빨갛게 되어선 갈팡질팡했다. 어째 최근에
도 이런 광경을 본 것 같은데…… 아, 류 씨구나.

이러저러해서, 부상당한 로리에 씨를 보호하며 몬스터
를 격퇴하기를 한동안.

정규 루트를 따라 걷던 우리의 시야에 『상층』으로 가는
연결통로가 보였다.

이로써 미션 컴플리트.

내 싸움은 아직도 더 이어지겠지만, 일단은 첫 번째 여
성의 리드를 마쳐 안도하며 가슴을 쓸어내리고 있으려니
—— 눈을 내리깐 로리에 씨가 큰 결심을 한 것처럼 고개
를 들었다.

"래, 【래빗 풋】! 아니, 벨! 도와줘서 정말 고맙다! 이대로
은혜도 갚지 않는다면 엘프의 명예는 땅에 떨어질 거다!"

"아니에요, 마음에 두지 마세요."

작별의 순간이 다가와서인지.

걸음을 멈춘 로리에 씨는 아직도 붉은 얼굴로 진지하게
말했다.

아니근데정말로요, 사고를 가장해 도와준 저는 마음에
두지 않으셨으면 좋겠달까, 저야말로 죄책감에 짓눌려버
릴 것 같은데요…….

"아니다, 은혜를 갚게 해다오! 그러니까, 그, 너만 좋다면…… 다시, 만날 수 있을까?"

"만나요?"

"다, 다음에 말이다! 나는 언제든 좋고, 얼마든지 기다릴 테니! 아니 사실은 빠를수록 좋겠지만…… 아, 아무튼! 또 만나서, 네게 무언가 답례하고 싶다! 그…… 그래, 검이라든가, 갑옷이라든가! 시내를 돌아보면서!"

아아, 에이나 누나 때처럼 그런 건가?

모험자에게 장비는 필수품이니까…… 신세를 지면 물건으로 갚는다는, 나는 모르는 모험자들의 문화가 있는지도 모른다. 탐색에서 전리품을 분배하는 것도 암묵적인 양해니까 말이지.

"그, 그러니까………… 어떨까?"

몇 번이고 지면에 시선을 떨구며 나를 올려다보는 로리에 씨의 간곡한 모습에 나는 마침내 웃고 말았다. 의리가 투철한 엘프답다고 흐뭇하게 생각하며.

"네, 좋아요——."

라고 대답해 로리에 씨의 얼굴이 아름답게 활짝 꽃피려던 그 순간.

"【영쟁하라, 불멸의 뇌병】."

"흐끼익?!"

입을 벌린 0초 후에 나는 벼락을 맞고 있었다.

왜——?!

눈앞에서 감전되어 허물어지는 나에게 로리에 씨가 깜짝 놀라는 가운데, 마스터가 눈에도 보이지 않는 속도로 내 몸을 회수했다.

푸식푸식 김을 뿜으며 마스터의 오른쪽 어깨에 얹힌 채, 나는 로리에 씨에게서 강제 이탈 당했다.

"어, 어째서……."

"시르 님과의 데이트를 앞두고 선약이라니. 너는 이 상황이 우습게 보이나, 바보 토끼?"

"자, 잘못해써요……!!"

"……게다가 저 엘프는 이 이상 관여했다가는 한없이 꼬일 분위기를 풍긴다."

꼬, 꼬여요……?

마비되어 혀도 몸도 마음대로 움직이지 못하는 가운데, 마음속으로만 고개를 갸웃하고 있으려니.

『만남』을 깨달은 숫처녀만큼 귀찮은 족속도 없다는 이야기다."

마스터는 그렇게만 말했다.

역시나 내가 이해하지 못하고 있으려니.

"다음. 다른 여자들로 실전훈련을 계속한다."

그는 나를 새로운 전장으로 데려갔다.

역시 내 싸움은 아직도 계속되려나 보다…….

◇

"무슨 일이 일어났던 거지⋯⋯."

갑작스럽게 벨이 쓰러지고 그림자가 지나가는가 싶더니, 소년은 사라지고 없었다.

아연실색 멍하니 서 있던 로리에는 설마 백일몽이라도 꾼 걸까 하고 자문했으나.

"아니야⋯⋯ 그렇지 않아."

지금도 어깨에 걸려있는 소년의 겉옷을 확인하며 미소를 지었다.

아직 온기가 남아있는 것 같아 가만히 겉옷을 끌어안고, 엘프 소녀는 뺨을 연분홍색으로 물들였다.

"아아, 벨⋯⋯! 다음에는 언제 만날 수 있을까아⋯⋯."

영민하고 냉철해야 할 엘프의 얼굴이 흐물흐물 허물어진다.

여기 또 흰토끼의 열렬한 팬이 탄생한 순간이었다.

훗날, 임무는 내팽개친 권속이 벨에게 꽂혔음을 안 헤르메스는 뒤로 벌렁 넘어졌지만, 그것은 또 다른 이야기.

목격자 ~예언자의 경우~

카산드라는 넋이 나가버렸다.

'벨 씨 멋있었지······.'

열기가 깃든 숨을 호오 토해내고, 『소년과 **데이트한 기억**』을 돌이켜본다.

"다들 고맙구나. 부디 우리 가게에도 와 주렴. 기다리고 있으마."

""네에~ 미아흐 님!""

그녀의 옆에서는 훈남신의 미소가 여성들의 새된 목소리를 이끌어내고 있었다.

리본이 감긴 작은 병을 구입한 무소속 일반인을 미아흐가 방글방글 웃으며 배웅한다.

"후후, 역시 『여신제』······ 어떤 상품이든 날개 돋친 듯이 팔려······."

"물 탄 포션에 과즙으로 맛만 낸 거잖아······. 도구상이 이래도 돼?"

"이상한 소리 하지 마, 다프네. 이건 포션 레모네이드. 어엿한 우리 【미아흐 파밀리아】의 신상······."

예외 없이 축제로 들끓는 대로 한 곳. 카산드라를 포함한 【미아흐 파밀리아】도 야무지게 여신제 대목 기간에 편승하고 있었다. 쓸쓸한 뒷골목에 오도카니 놓인 본거지 겸 본점인 『푸른 약포』에서 기다려봤자 손님은 오지 않는다.

그렇기에 이렇게 이동형 노점까지 마련해서 ——구입하지 않고【헤스티아 파밀리아】【타케미카즈치 파밀리아】와 힘을 합쳐 만들었다—— 시내로 나온 것이었다.

"평소에는 손대지 못하는 값비싼 포션을, 일반인들에게도 알리고 싶어……. 우리 약사에게는 모험자에 대한 이해도를 높이겠다는 숭고한 의무가 있어……."

"꿈보다 해몽이다……."

입가를 올리는 나자에게 다프네가 탄식하는 가운데, 미아흐가 문득 고개를 갸웃했다.

"그런데…… 아까부터 카산드라는 왜 저러고 있는 게냐? 정신이 딴 데 가 있는 것 같다가도 갑자기 몸을 이리저리 꼬고. 흐음, 얼굴도 빨갛구나."

"아~…… 지난번 탐색에서【래빗 풋】이랑 딱 마주쳐서요, 그때 일이 좀……."

미아흐의 의문에 다프네도 관심 없다는 듯『내버려 두세요』하고 대답했다.

정작 카산드라는 두 손으로 뺨을 감싼 채 아직도 몸을 꼬고 있었다.

'아아, 리빌라 마을에서 벨 씨와 같이 쇼핑이라니…… 그, 그건 역시, 데이트였을까?!'

여신제 전날이었다. 카산드라에게는 생각지도 못한『전야제』같은 사건이었다.

다프네와 미궁 탐색을 나갔던 그녀는 제18계층에서 딱

마주친 벨이 제안하는 대로 소소한 한순간을 즐겼다. 미궁의 모험자 거리라고는 해도 호의를 품은 이성과 시간을 보낼 수 있다면, 사랑에 빠진 소녀에게 그곳은 틀림없는 데이트 스팟이었다.

"벨 씨, 어쩐지 평소랑 다르게, 든든하고, 다정하고……진짜로 멋졌어……."

뺨을 핑크색으로 물들이며 하늘을 올려다본 채 속삭이는 듯한 목소리로 에헤헤 웃는다.

평소에는 불행한 오라를 풍기는 그녀의 핑크색 공간은 나자가 매우 수상쩍다는 표정을 보일 정도였다.

——카산드라는 모른다.

헤딘이 눈물을 머금은 벨을 협박해 강제로 제18계층에서 『실전훈련』을 시켰던 사실을.

던전에서 실시해 지상으로 정보가 유출되는 것을 막으면서 ——시르의 귀에 들어가지 않게—— 카산드라 외에도 수많은 여성에게 말을 걸도록 명령해 리드의 『예행 연습』을 시켰던 사실을.

'하지만 어제는 조금 불길한 꿈을 꾸었던 것 같아……. 소악마 같은 마녀가 복슬복슬한 토끼에게 몇 번이나 뺨을 비벼대고, 마지막에는 잡아먹는 꿈——.'

그때였다.

카산드라 일행의 눈앞을 커플처럼 손을 잡은 소년과 소녀가 가로지른 것은.

"지금 그거 벨하고, 주점의……? 와우, 헤스티아 님한테
안 혼나려나……."

"꼭 약혼자처럼 심상찮은 분위기였는데———— 어라,
카산드라아?!"

휘청. 풀썩.

의식이 급속도로 멀어져간 카산드라의 몸이 소리를 내
며 허물어졌다.

'나는 바보야…… 들떠서 예지몽 회피를 게을리했어……
아아, 계시대로———.'

주신이 "저건……" 하고 중얼거리며 회색 머리 소녀를
바라보고, 다프네 일행의 비명이 울려 퍼지는 가운데.

눈꼬리에 눈물을 머금은 카산드라의 의식은 충격에 빠
진 채 급속도로 멀어져갔다.

목격자 ~바벨라의 경우~

아이샤는 놀라고 있었다.

"야, 아이샤. 저거【래빗 풋】아냐?"

"뭐라고?"

사미라를 비롯한 예전 소속 파벌 동료들과 함께 여신제에서 수컷을 물색하던 그녀는, 우연히 사이좋게 걸어가는 벨과 회색 머리 소녀를 발견했다.

"하루히메 녀석…… 뭐 하는 거야. 냉큼 잡아먹지 않으면 빼앗겨버릴 거라고 그렇게나 말했는데, 아니나 다를까 추월당했구만."

손을 잡은 채 웃음을 나누는 두 사람의 모습은 그야말로 커플 그 자체였다.

벨은 한껏 멋을 부리고 머리 모양까지 바꾸었으므로 그이외의 관계성은 의심할 수도 없었다. 실제로는【파밀리아】의 위기에 직면해 죽을 각오로 마스터한 신사 형태였지만.

이제 여우 동생에게 남은 길은 새치기나 약탈, 혹은 잠자리를 습격하는『포식』밖에 없겠다고, 아마조네스 여걸은 탄식할 대로 탄식했다.

"……응? 꼬마랑 같이 있는 저 여자는, 분명【질풍】의……."

그때 문득 깨달았다.

지금도 달콤한 눈빛으로 소년만을 바라보는 마을 아가씨가 류의 동료임을.

『제노스』 사건이 일어나기 직전, 하루히메와 함께 벨을 잡아먹으려던 아이샤, 그리고 시르를 벨의 반려로 삼아주고자 하던 류가 서로 대립해 한바탕 소동을 벌인 적이 있다.

'그 엘프의 패거리한테 지는 건 아니꼬운데. 게다가…… 저 여자, 남자를 자기 걸로 만들면 절대 아무에게도 넘기지 않을걸. 꼬마를 숨기고 독점하고, 달콤하게 뜯어먹을 대로 뜯어 먹으려는…… 그런 냄새가 풍겨.'

처음 만났을 때는 별생각이 없었지만—— 지금의 행복한 옆얼굴을 보고 아이샤는 확신했다.

소녀의 『본질』을.

얼마나 벨에게 마음을 기울이고, 집착하고, 갈망하는지를.

아름답고 순수한 『꽃밭』, 혹은 사랑을 꽁꽁 묶어 쟁취하는 『넝쿨과 가시』의 화신.

모험자도 아닌 소녀에게는 이상한 이야기지만, 두 눈을 가늘게 뜬 아이샤는 그렇게 느끼고 말았다.

"저거 하루히메한테는 버겁겠네…… 하는 수 없지. 떼어 놔야겠다."

"어, 뭐야 아이샤? 【래빗 풋】 먹어버리게?"

"응. 벨 크라넬을 노리는 건 나도 마찬가지니까."

애초에 벨을 점찍은 것은 시르만이 아니다.

아이샤도 환락가에서 딱 마주쳤던 그 날부터 『수컷』의 냄새를 느끼고 있었고, 그 후 벨은 가증스러우면서도 당당하게 자신을 쓰러뜨린 후 하루히메를 빼앗아갔다. 자신을 쓰러뜨린 남자에게 마음이 끌리기 쉬운 아마조네스. 아이샤도 결코 예외는 아니었다.

지금 오라리오에서 누구와 가장 정분을 나누고 싶으냐고 질문을 받는다면 아이샤 벨카는 "벨 크라넬"이라고 대놓고 대답할 것이다. 한껏 남자들을 울리며 잡아먹어 왔지만 벨의 아이라면 낳아도 괜찮겠다고, 그런 생각까지 했다.

『세계의 중심』인 오라리오에서 수많은 암컷이 저 수컷을 노리며 『쟁탈전』을 펼치고 있다.

어쩌면 모두가 본능으로 이해하고 있는지도 모른다.

다음에 태어날 『영웅』이 누구인지를.

"좋아, 가자!"

"좋았어, 아이샤!"

시르를 호위, 아니, 감시하고 있는 【프레이야 파밀리아】와 격돌하기까지 앞으로 30초.

"저 토끼, 프레이야 님 이외의 여자들한테도 너무 많이 찍힌 거 아냐?"

"조금 전까지는 살의만 느꼈는데 지금은 좀 불쌍하다."

""""맞아.""""

 티오나를 비롯한 수많은 '자객'이 흰 토끼에게 접촉하지
못하도록 막아내던 파룸 4형제 사이에서 그런 대화가 오
갔다나 말았다나.

목격자 ~하프엘프의 경우~

에이나는 지쳤다.

"여신제는 역시 힘들어⋯⋯."

"여기저기 차출돼서 해도 해도 끝이 안 나~!"

동료 미샤의 우는 소리에 쓴웃음을 짓고, 채소가 담긴 마대자루를 몇 번이나 왕복해가며 옮겼다.

여신제만이 아니라 몬스터 필리아 같은 이벤트가 벌어질 때마다 길드 직원은 중노동에 시달린다. 여러 방면의 수속이나 각 설비의 수배는 물론이고, 헌병을 맡은 【가네샤 파밀리아】와의 면밀한 사전협의, 오락을 좋아하는 신들이 고삐를 풀지 않도록 단속하는 권고, 다른 나라나 다른 도시에서 방문하는 VIP의 환영 등등. 작업을 열거하자면 끝이 없다.

무엇보다 오라리오는 지나치게 넓다. 민간에서 자원봉사자를 모아도 초거대도시의 행사를 완전히 성공시키려면 일손이 부족해, 모든 직원의 구속시간은 그만큼 길어졌다.

"하지만 내일은 비번이라 다행이야~. 작년에는 한 번도 없었는데~."

"하지만 그 대신 우리는 다른 이벤트 때 쉴 수 있었잖아."

"그렇긴 하지만~."

핑크색 머리를 찰랑거리며 미샤가 입술을 내밀었다.

그런가 했더니, 표정을 확 바꾸며 웃음과 함께 물었다.

"에이나는 내일 예정 있어~? 같이 축제 구경할래~?"

"어, 나는……."

미샤의 제안은 솔직히 기뻤지만, 에이나는 당장 대답하지 못하고 말을 흐렸다.

'벨은 내일 예정 비어 있으려나……? 아, 아니 딱히, 이상한 마음은 요마아아아아아아아안큼도 없지만!'

조금이라도 가능성을 캐보려 하는 것은 자신의 마음을 주체하지 못한 탓일까.

축제 준비를 위해 지나치게 바빠 연락은 못했지만, 가능하다면 함께 축제를 구경하고 싶다는 생각은 있었다.

이제까지의 『여신제』는 "아~ 바쁘다~ 서류는정리해야되고즐길시간도없네~ 그러고보니옆부서의나탈리가남자랑축제구경한다고했는데이럴때무슨짓이람~ 역시야경보면서밥먹으려나~" 하고 남의 일처럼 생각하긴 했지만, 막상 자신의 처지가 되고 보니 얼굴에 열기가 모여들어 생각이 정리되질 않았다.

하지만 방어구를 새로 맞추려고 소년과 함께 쇼핑을 나갔을 때처럼, 둘이 함께 즐길 수 있다면 그건 그거대로——하고 웃음을 흘리던, 바로 그 순간.

"아, 에이나 동생이다! 어째 엄청 예쁜 여자애하고 같이 있는————데, 에이나?!"

와르르르!!

품에 안고 있던 마대자루를 떨어뜨려 수많은 호박이 보

도블록 위를 굴러간다.

사이좋게 손을 잡고 있는 소년과 소녀를 보고, 에이나의 머릿속은 완전히 정지해버렸다.

목격자 ~못난이 엘프의 경우~

류는 당황하고 있었다.

"아아, 시르……! 나이 찬 아가씨가 남자와 파, 팔을 얽고 있다니……!"

모퉁이 뒤에서 시르와 벨을 미행하며 얼굴은 물론 귀 끝까지 새빨갛게 물들인 채.

그녀의 바로 곁에서는 "시르는 진심이다냐! 저건 쥐를 사냥하는 고양이의 눈이다냐!" 『【검희】랑 마주쳤을 때는 『오, 막장 전개?!』하고 기대도 했는데~!" "시르는 역시 마녀다옹!" 하고 아냐, 루노아, 클로에가 저마다 떠들어대고 있다.

여신제 첫날, 풍요의 여주인 점원들에 의한 『시르의 데이트 감시 작전』은 지금도 이어지고 있었다.

'저렇게 바짝 달라붙으면 시르의 가슴이……! 아아, 벨도 역시 얼굴을 붉히고 있어! 문란해! 벨도 시르도 문란해!! 내가 같은 입장이었다면 저런 행동은 결코……!'

시르의 대담한 행동(주: 엘프 기준)에 류가 번뇌하고 있으려니—— 그 일이 일어났다.

"우와! 시르가 안았어!"

"뭣──?!"

재주도 좋게 작은 목소리로 외친 루노아의 말대로, 시르가 벨을 정면에서 안고 있었다.

평소의 류라면 소녀가 소년의 귓가에서 소곤소곤『거래』를 제안하고 있음을 깨달았겠지만, 애석하게도 지금의 그녀는 평소의 냉정한 류 리온이 아니었다.

길 한복판에서! 수많은 사람이 보는 가운데! 남녀가 끌어안다니!

추잡해! 저렇게 파렴치할 수가!

나도 벨하고는 피부를 맞대고 체온을 나누었을 뿐인데——

"——아아아아아……! 아아아아아아아아아아아아아아아아아아아아아아아…………!!"

던전『심층』에선 더 창피한 짓도 했어—!

긴급사태였다고는 하지만—! 서로 거의 알몸으로 끌어안고 있었다니 이제는 벨이 책임을 져야만 하는 안건을 저질렀어—!

머릿속에서 터질 듯한 웃음과 함께 엄지를 척 드는 아리제와 느물느물 음흉한 웃음을 짓는 카구야와 라일라를 비롯한 옛 동료들의 환영이—!!

"류는 뭐 하고 있다냐?"

"못난이."

"그냥 못난이 엘프."

그 자리에서 쪼그리고 앉아 새빨개진 얼굴을 두 손으로 가린 류에게 아냐가 고개를 갸웃하고 루노아와 클로에가 매우 건성으로 코멘트를 날렸다.

내버려 두면 치욕에 빠진 나머지 얼굴을 가린 채 데굴데

굴 굴러가 버릴 것 같은 엘프의 목덜미를 잡아 질질 끌면

서, 3인조는 시르와 벨의 미행을 계속했다.

목격자 ~아마조네스의 경우~

티오나는 즐기고 있었다.

"축제란 거 역시 좋다아~! 아이즈랑 레피야도 같이 왔으면 좋았을 텐데!"

"바보처럼 먹고 돌아다니기만 하는데 누가 어울려주겠어."

함께 걷는 언니 티오네의 투덜거리는 목소리를 들으면서도, 티오나는 입가에 묻은 음식 부스러기를 낼름 핥았다.

파레오 위에 감은 허리띠에는 각 메인 스트리트의 문장이 모두 걸려있었다.

"끝내준다." "완전제패……." "얼마나 먹은 거야……."

그렇게 스쳐 지나가는 이들에게서 외경심 어린 눈빛이 모여들 정도였다.

티오네의 말대로 티오나는 『여신제』의 식도락 기행을 만끽하고 있었다. 1천 발리스짜리 문장만 구입하면 빵도 채소도 과일도 마음껏 먹을 수 있는 이벤트. 대식가인 그녀에게는 낙원이나 마찬가지였다.

배도 만족스러워, 머리 뒤에서 깍지를 끼고 만족스러운 웃음을 짓고 있으려니──

"으응─?"

회색머리 소녀와 나란히 걷고 있는 백발 소년의 모습이 시야 저 멀리 보였다.

"【래빗 풋】하고, 저쪽은 분명 『풍요의 여주인』의……."

"어~?! 어라?! 왜?!"

눈을 동그랗게 뜨고 소리를 지르는 티오나. 티오네는 귀를 손가락으로 막으며 언짢다는 듯 그녀를 째려보았다.

"왜는 무슨 왜야. 딱히 네 수컷도 아닌데. 18계층이나 워 게임 때 같이 있었을 뿐이잖아."

"우웅, 그렇긴 하지마안……. 아르고노트 군은, 아르고 토느 군이니까…… 아이즈라든가, 우리하고……."

우물우물 입을 움직인다.

쾌활하고 단순하고, 뭐든 직구로 말하는 소녀가 지금만큼은 웬일로 대답을 하지 못한다.

자신의 감정을 표현하지 못하는 티오나는, 그래도 이내 여느 때처럼 밝게 웃었다.

"뭐 됐어! 나도 아르고노트 군한테 갔다 올게!"

"왜 얘기가 그렇게 되는데……."

아무 생각도 없이 천진난만하게 달려 나간다.

티오나는 가벼운 발걸음으로 소년의 등에 안기려 했다.

──하지만 시르의 밀회를 방해하지는 못한다는 양, 다크엘프와 파룸 4형제가 그녀의 앞을 가로막고 티오네도 여기에 말려들어 일대 소동이 발발했으나, 그것은 또 다른 이야기.

그들이 아마조네스 자매와 충돌하면서 시르의 도주를 허용하고 말았던 것 또한 다른 이야기다.

던전에서 만남을 추구하면 안 되는 걸까 16 쇼트스토리 소책자

2021년 1월 1일 1판 1쇄 인쇄
2021년 1월 14일 1판 1쇄 발행

저　　　자 오모리 후지노
일 러 스 트 야스다 스즈히토
옮 긴 이 김민재
발 행 인 유재옥
본 부 장 조병권
담 당 편 집 정영길
편 집 1 팀 정영길 김민지 조찬희
편 집 2 팀 김다솜
편 집 3 팀 오준영 곽혜민 김혜주
미　　　술 김보라 서정원
라이츠담당 김슬비 한주원
디 지 털 박상섭 이성호 최서윤
발 행 처 ㈜소미미디어
제 작 처 코리아피앤피
등　　　록 제2015-000008호
주　　　소 서울시 마포구 토정로 222, 403호 (신수동, 한국출판콘텐츠센터)
판　　　매 ㈜소미미디어
마 케 팅 한민지 한주원
전　　　화 편집부 (070)4164-3962, 3963 기획실 (02)567-3388
　　　　　　 판매 및 마케팅 (070)4165-6888, Fax (02)322-7665

ISBN 979-11-6611-326-0 (04830)
　　　　979-11-950162-0-4 (세트)